Carlos & Carmen

El fin de semana arenoso

Por Kirsten McDonald
Ilustrado por Erika Meza

Calico Kid

An Imprint of Magic Wagon
abdopublishing.com

For Pop and Daydee and all of our sandy weekends —KKM

Por Pop y Daydee y todos nuestros fines de semanas arenosos —KKM

This book is for José. Gracias por estar siempre ahí. —EM

Este libro es para José. Gracias por estar siempre ahí. —EM

abdopublishing.com

Published by Magic Wagon, a division of ABDO, PO Box 398166, Minneapolis, Minnesota 55439. Copyright © 2018 by Abdo Consulting Group, Inc. International copyrights reserved in all countries. No part of this book may be reproduced in any form without written permission from the publisher. Calico Kid™ is a trademark and logo of Magic Wagon.

Printed in the United States of America, North Mankato, Minnesota.
052018
092018

THIS BOOK CONTAINS
RECYCLED MATERIALS

Written by Kirsten McDonald
Translated by Laura Guerrero
Illustrated by Erika Meza
Edited by Heidi M.D. Elston
Designed by Candice Keimig
Translated by Laura Guerrero

Library of Congress Control Number: 2018933155

Publisher's Cataloging-in-Publication Data

Names: McDonald, Kirsten, author. | Meza, Erika, illustrator.
Title: El fin de semana arenoso / by Kirsten McDonald; illustrated by Erika Meza.
Other title: The sandy weekend. Spanish
Description: Minneapolis, Minnesota : Magic Wagon, 2019. | Series: Carlos & Carmen
Summary: The Garcia family is spending a summer weekend at the beach, having a wonderful time playing in the water, and discovering the sand dollars and other small creatures that live along the shore.
Identifiers: ISBN 9781532133213 (lib.bdg.) | ISBN 9781532133411 (ebook) |
Subjects: LCSH: Hispanic American families--Juvenile fiction. | Brothers and sisters--Juvenile fiction. | Family vacations--Juvenile fiction. | Beaches--Juvenile fiction.
Classification: DDC [E]--dc23

Tabla de contenido

Capítulo 1
Bailando feliz

—¡Adivinan qué! —dijo Mamá—.
Hoy vamos en un viaje.

Carlos y Carmen estuvieron
sorprendidos.

—Vamos a estar repletos de sal y de arena —añadió Papá.

Carlos y Carmen estuvieron confundidos.

Uncle Alex se levantó las cejas.

—Van a ir a la playa —dijo.

Carlos y Carmen saltaron de sus sillas con gritos emocionados.

Spooky saltó debajo de la mesa. Le gustó la emoción, pero le gustó estar seguro aun más.

Carlos y Carmen bailaron felizmente alrededor de toda la mesa. Entonces los gemelos congelaron.

—¿Puede venir Spooky a la beach también? —ellos preguntaron.

—¿Un gatito en la beach? —gritó Mamá—. ¡De ninguna manera!

—Yo cuidaré a Spooky —dijo Uncle Alex.

Carlos y Carmen empezaron a bailar felizmente otra vez.

—Vamos a construir castillos de arena y brincar en las waves —dijo Carmen.

—Después de brincar en las olas —dijo Carlos—, encontraremos caracolas.

—Mejor que caracolas —dijo
Carmen—, ¡encontraremos tesoro!

—Mejor que treasure —dijo
Carlos—, ¡encontraremos tesoro
de piratas!

—¡Si encuentren algún treasure,
tráenme algo de regreso! —Uncle Alex
dijo.

Capítulo 2
En la playa

Los Garcia manejaron y manejaron y manejaron. Por fin, llegaron a la playa.

—Vamos a saltar en el water —dijo Carlos—. Luego vamos a excavar con nuestras shovels.

Carmen dijo —Echamos carreras hacia las waves.

Carlos persiguió a Carmen al agua. Luego saltaron a través de las olas.

—¡Look! —dijo Carmen, y se paró de manos.

—¡Enséñame! —gritó Carlos.

—¡Yo también! —gritó Papá.

Carmen enseñó a Carlos y Papá como pararse de manos.

Mamá se relajó en el agua cercano.

De repente, el agua alrededor de
Mamá explotó con salpicaduras.

Mamá se puso de pie. Ella sonrió
una sonrisa de «voy-a-por-ti.» Salpicó
a Carlos. Salpicó a Carmen. Pero
sobre todo, salpicó a Papá.

El resto del día, Carlos y Carmen
saltaron en las olas. Se pararon de
manos en el agua. Y, excavaron para
tesoro.

Por fin, Mamá dijo —Ya es hora de ir adentro.

—Hoy era muy divertido —dijo Carlos— pero todavía quiero encontrar un treasure.

—Me too —dijo Carmen con un bostezo—. Mañana, excavaremos mas hoyos con nuestras shovels. Y tomorrow, encontraremos un tesoro.

Capítulo 3
Tiempo de tesoro

El día siguiente, Carlos y Carmen montaron las olas. Miraron unas caracolas pequeñas escarbando en la arena. Y construyeron un castillo de arena muy grande.

Tenían arena en su pelo. Tenían arena entre sus dedos del pie. Incluso tenían arena en sus trajes de baño.

—Vamos a explorar la beach —sugirió Mamá.

—Traen sus baldes y shovels —añadió Papá con un guiño.

Carlos miró a Carmen. Carmen miró a Carlos. Entonces gritaron —¡Tiempo de tesoro!

Los Garcia salieron por la playa. Los gemelos miraron y excavaron en busca de tesoro.

Encontraron caracolas y alga marina. Encontraron conchas de cangrejo y vidrio de mar. Pero, no encontraron ningún tesoro de pirata.

—¿Piensas que alguna vez vamos a encontrar un tesoro? —preguntó Carlos.

—Claro que si —le contó Carmen a su gemelo—. Y el treasure será grande. Será un millón de dólares.

—Podemos llenar nuestros baldes con el tesoro —añadió Carlos—. Y podemos compartirlo con Uncle Alex. A el le gustaría un millón de dólares.

Un poco más allá en la playa, Los Garcia vieron un banco de arena en el agua.

—Hay lunares sobre todo el banco de arena —dijo Carlos.

—Vamos a ver lo que es —dijo Carmen.

Los gemelos corrieron adelante. Salpicaron tras el agua hasta el banco de arena.

Había dólares de arena por todos partes. Algunas eran blancos, y otros eran un color verde-gris.

Carmen recogió un dólar de arena de color verde-gris. Sus espinas pequeñas contoneaban y hacían cosquillas a su mano.

—Está vivo —dijo Carmen.

—¡Guau! —dijo Carlos, recogiendo uno—. ¿Cuántos piensas que hay?

—Por lo menos cien —dijo
Carmen—. Quizás hasta un mil.

—O quizás un millón —dijo
Carlos—. ¡Un millón de dólares de
arena!

—¿Qué dijiste? —preguntó Carmen.

—Dije que encontramos un millón de
dólares de arena —contestó Carlos.

Carmen gritó —¡Hurra!
¡Encontramos un millón de dólares!
¡Encontramos el tesoro!

Carlos y Carmen recogieron un
dólar de arena tras el otro. Pronto,
sus baldes llenaron con el tesoro
arenoso.

—¡Look, Papá! —dijo Carmen, mostrándole su balde—. ¡Encontramos el tesoro!

Carlos le mostró su balde también.

—¡Look, Mamá! ¡Encontramos un millón de dólares para Uncle Alex! —él dijo.

Mamá se rió y dijo —Uncle Alex tendrá una gran sorpresa tomorrow.

Capítulo 4
De regreso a casa

El día siguiente, Los Garcia
despidieron a la playa.

—Yo quiero una beach en nuestra
casa —dijo Carlos.

—Me too —dijo Carmen.

Por fin, llegaron a casa.

Carlos y Carmen saltaron del carro.

Gritaron —¡Uncle Alex! ¡Spooky! ¡Encontramos el treasure!

—¡Qué! —dijo Uncle Alex—. ¿Encontraron el tesoro?

Carmen dijo —Encontramos un millón de dólares!

—¿Un millón de dólares? —dijo Uncle Alex.

Los gemelos se rieron y saltaron sobre su tío.

—Me están engañando —dijo Uncle Alex—. No hay una manera en que encontraron un millón de dólares.

—Si, lo hicimos —dijo Carlos y Carmen—. ¡Un millón de dólares de arena!

Todos se rieron y empezaron a desempacar el carro.

Carlos agarró su maleta, y la arena esparció sobre la entrada para el auto.

Carmen agarró su maleta, y la arena derramó sobre la entrada para el auto.

Cada vez que sacaron algo del carro, aún mas arena se cayó sobre la entrada para el auto.

Carlos miró a toda la arena. Sonrió y dijo, —¡Look! Se nos concedió nuestro deseo. Ahora tenemos una beach en nuestra casa.

Entonces todos se fueron adentro para contarle a Uncle Alex y Spooky todo sobre su fin de semana arenoso.

Inglés
a
Español

water – agua

Mommy – Mamá

tomorrow – mañana

Look! – ¡Mira!

waves – olas

shovel – pala

Daddy – Papá

beach – playa

treasure – tesoro

Uncle – Tío

me too – yo también